ENAMORADA

FANDOM BOOKS

1.ª edición: mayo de 2024

C/ Valentín Beato, 21. 28037 Madrid
www.fandombooks.es

ISBN: 978-84-18027-91-8
Depósito legal: M-4704-2024
Impreso en España - Printed in Spain

PAPEL DE FIBRA
CERTIFICADA

Am I allowed to look at her like that?
Could it be wrong when she's just so nice to look at?

DODIE, *She*

A todas las chicas que se dieron cuenta, antes o después,
de que querían a otras chicas más que como amigas.
El camino al otro lado no siempre es precioso,
pero vale la pena cruzarlo.

Os deseo lo mejor.

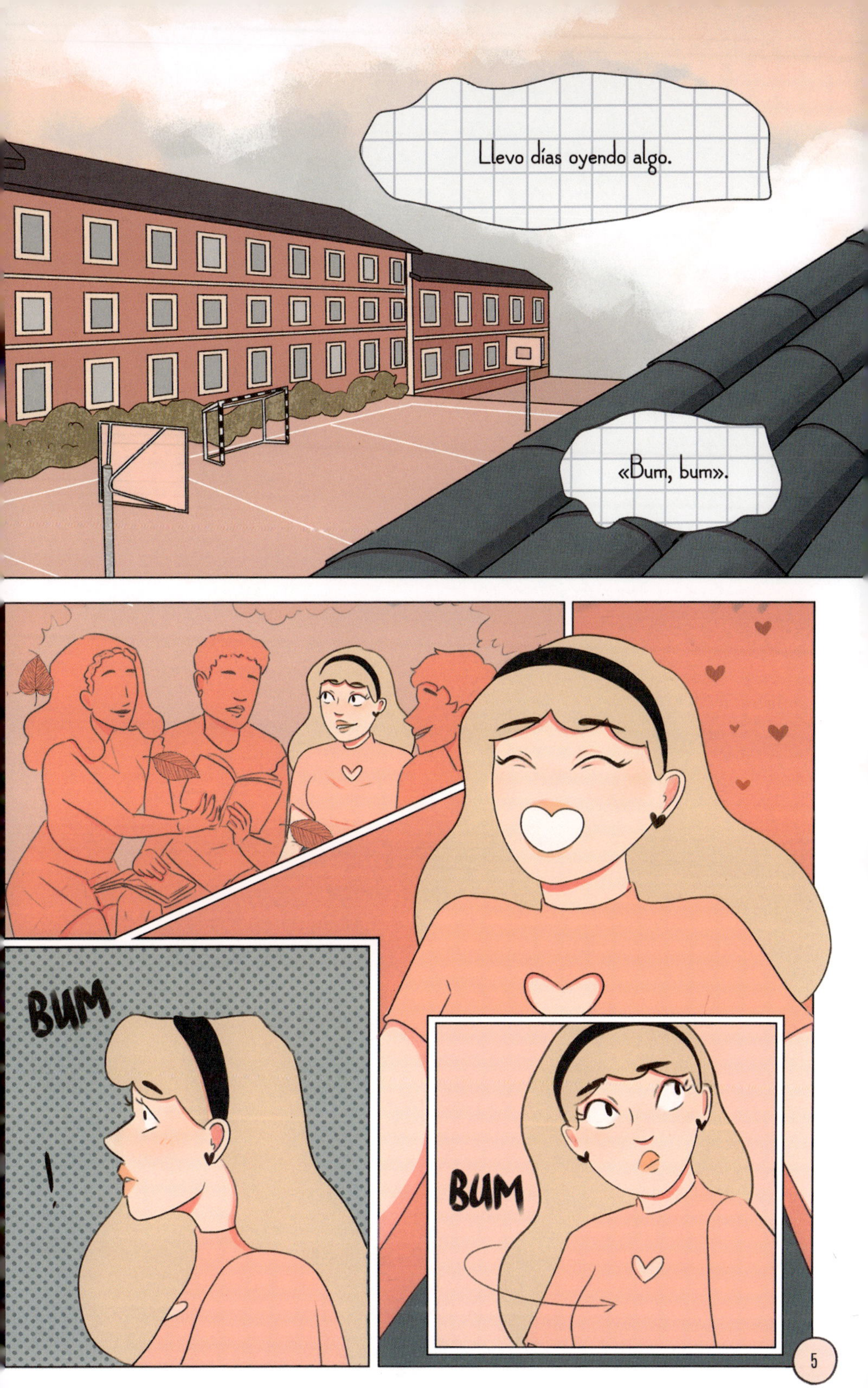
Llevo días oyendo algo.
«Bum, bum».
BUM
!
BUM

Nunca lo distingo bien.
!
Es como cuando piensas que alguien ha dicho tu nombre pero al volverte no hay nadie.
BUM
BUM

Si tan solo consiguiese localizar de dónde viene...
Si tan solo me girase a tiempo una sola vez...
¡BAM!

ESTOPA
Hola, venía
a decir que lo siento
muchísimo.
TÚ QUIÉN ERES
Y QUÉ DICES.
ESTOPA
Perdón, venía...
venía a hablar con...
¿Eres
Ada?
ASIENTE

Ya, lo sabía.
Quiero decir, guay.
Quiero decir...
La verdad es que venía de buenas a decirte que espero que no haya rencores entre nosotros por lo de sacarte del top tres...
ESTOPA
Qu–
¿CÓMO DICES, PARDILLO?
Acaban de salir las listas.
De hecho, mi amiga Ed y yo...
GABI.

Perdonad a mi amigo, es tonto del culo y lo mejor es ignorarle.
Es lo que hago yo.

No queríamos molestar, nosotros ya nos...
... vamos.
?
!
Me parece de mala gente decirle eso a alguien que ni conocéis.
¿Qué pasa, que no tenéis vida?
Ya te he dicho que no iba a malas.
Pero no te preocupes, ya nos vamos.
Vamos, Gabi.
...
¿
?

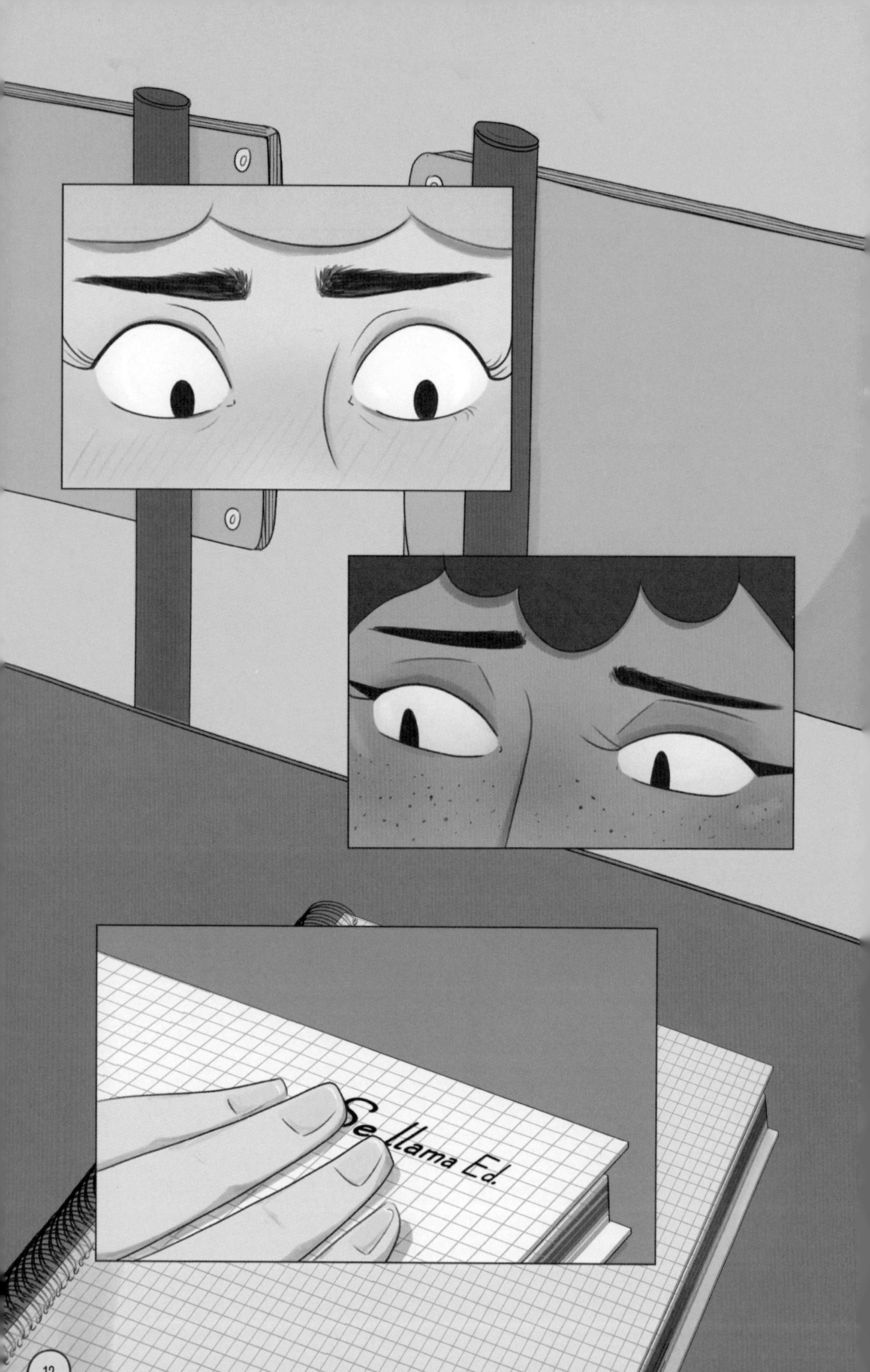
Se llama Ed.

TOP TRES
DE CLASE:
Listo McListo
Ed Silva
Gabi Ros

Mi nombre es Ada Martin y mi vida es perfecta.
10
Lo digo 100% en serio.

Me he esforzado en que lo sea, supongo.
Toda mi vida he trabajado duro para ser la primera de la clase y seguirle el ritmo a todo el mundo...,
... mantenerme en forma...
... y no dejar a nadie atrás.

TOP 3
Listo McListo
Ada Martin
Max López
Llegar al primer puesto es imposible, pero estoy contenta con ser la segunda, porque es suficiente para ir a la universidad a la que mis padres quieren que vaya y asegurarme el futuro que han pensado para mí.
No tengo quejas, la verdad.
Así que sí, ¡mi vida es perfecta! Eso ya lo he dicho. Pero bueno, «una vida perfecta para Doña Perfecta», como dice Lidia, ¿no?
Aunque claro...

No diría que lo del top tres haya afectado a mis notas, pero sí que me ha dolido en el orgullo.
No sé qué hacer con este tema, la verdad.
Y encima tenía que ser ella...

Me gustaría dejar de verla por todas partes.
¿Dónde está este tío...?
ESTOPA
Mentira.
Te lo juro.
PIGNOISE

BUM BUM
BUM BUM
AMARAL
BUM-
!
¿A quién miras tanto, guapa?
...
Creo que está buscando a sus dos nuevos enemigos.

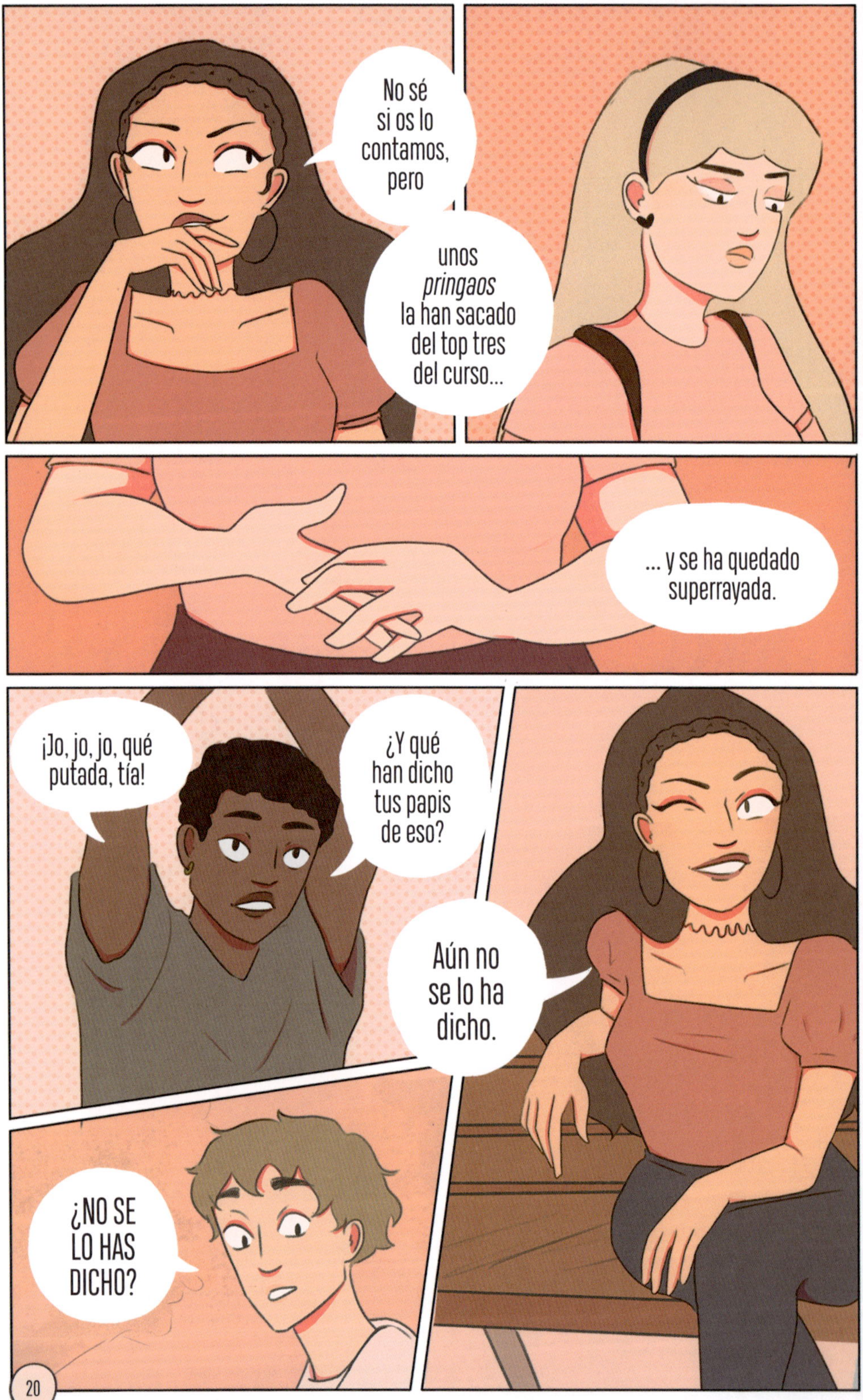

No sé si os lo contamos, pero
unos *pringaos* la han sacado del top tres del curso...
... y se ha quedado superrayada.
¡Jo, jo, jo, qué putada, tía!
¿Y qué han dicho tus papis de eso?
Aún no se lo ha dicho.
¿NO SE LO HAS DICHO?

¡TÍA!
Pues no se lo digas antes del sábado, que no sales...
NO, NO, EL SÁBADO ES INTOCABLE, ADA, NO PUEDES...

RIIIING

La entrega de bio es el martes 29, no te olvides, burra.
¡E-EH!

¿Cómo lo hicisteis?
Llevo siendo la segunda del top tres desde tercero y nadie había conseguido superarme, así que...
¿Cómo?
Ja.
Buenos días a ti también.
Fue por una apuesta.
¿Una ap...?

Mi colega Gabi y yo nos apostamos que superaríamos la media del otro al acabar el trimestre.
Simplemente nos pusimos las pilas.
¿Una apuesta?
¿Y qué os habéis apostado?
Cotilla.
Pues una tarde en el cine con bebidas y palomitas. El bote grande.
¿He perdido mi puesto en el top tres por un bote de palomitas?
Yo os las pago.
!
Si queréis palomitas os las pago yo, el top tres no es un juego...

Perdón, es que...
Este tema es importante para mí...
Espera, espera...
¿Estás intentando comprarme para volver al top tres, o estoy entendiendo mal la situación?

No es eso, solo creo que el top tres es algo que debería tomarse más en serio que...
¿Y quién te dice que nosotros no nos lo tomamos en serio?
Mira, siento que estés picada por lo de las notas, pero ya tendrás más suerte la próxima vez.
Has venido a sobornar a la persona equivocada.
Y lo digo literalmente, seguro que Gabi te hubiera dicho que sí.
¡Pero yo no me dejo comprar, lo siento!
Prueba a estudiar un poco más, y suerte en el próximo trimestre.

¡APOSTADLO CONMIGO!
¿Qué?
Apostadlo conmigo.
Metedme en la apuesta.
Quiero participar.
Eso no tiene...
¿?
¿Y qué nos apostamos?

Ya te lo he dicho cine y palomitas grandes durante lo que queda de curso, pago yo.
Para tu amigo y para ti.
¿Y qué ganas tú?
Nada.
Volver al *ranking.*
Unirme a vuestras sesiones de estudio y ver qué habéis hecho para superarme.
No hemos hecho nada.
Y así no es como funcionan las apuestas, guapita.
Eso sigue siendo comprarme, lo pintes como lo pintes...
Es que yo no quiero...
Yo no quiero nada de ti.
BUM BUM

Como veas.
Hasta otra entonces, guapa.
¡No, espera!

Mira, sé que no se entiende, ¿vale?
Pero necesito esto.
Solo quiero una oportunidad. Un día. Para aprender de vosotros.
¿
?
AINS
Está bien. Pero seguimos apostándonos el cine, ¿te parece?
Hecho.

Por cierto, y que quede entre nosotras, pero la próxima vez puedes pedirme ayuda sin rodeos, guapa.
Te habría echado una mano gratis si me lo hubieras pedido de buenas.

Nos vemos en la puerta de la biblioteca, ¿vale?
BUMBUMBUM

MARTES
Pero qué tía más flipada.
Ni siquiera la había visto antes. ¿Tú sí?
Alguna vez, creo. Por los pasillos.
Seguro que es una friki, con esas pintas. ¿Quién lleva ganchillo con menos de treinta años?

¿Cuál es tu plan, entonces?
Solo quiero saber cómo estudian y... bueno, controlar cómo van ellos, supongo.
A lo mejor me dan alguna idea que me viene bien.
No puedo bajar la media ni un poquito, y la verdad es que desde que empezamos el curso...
No sé.
B-

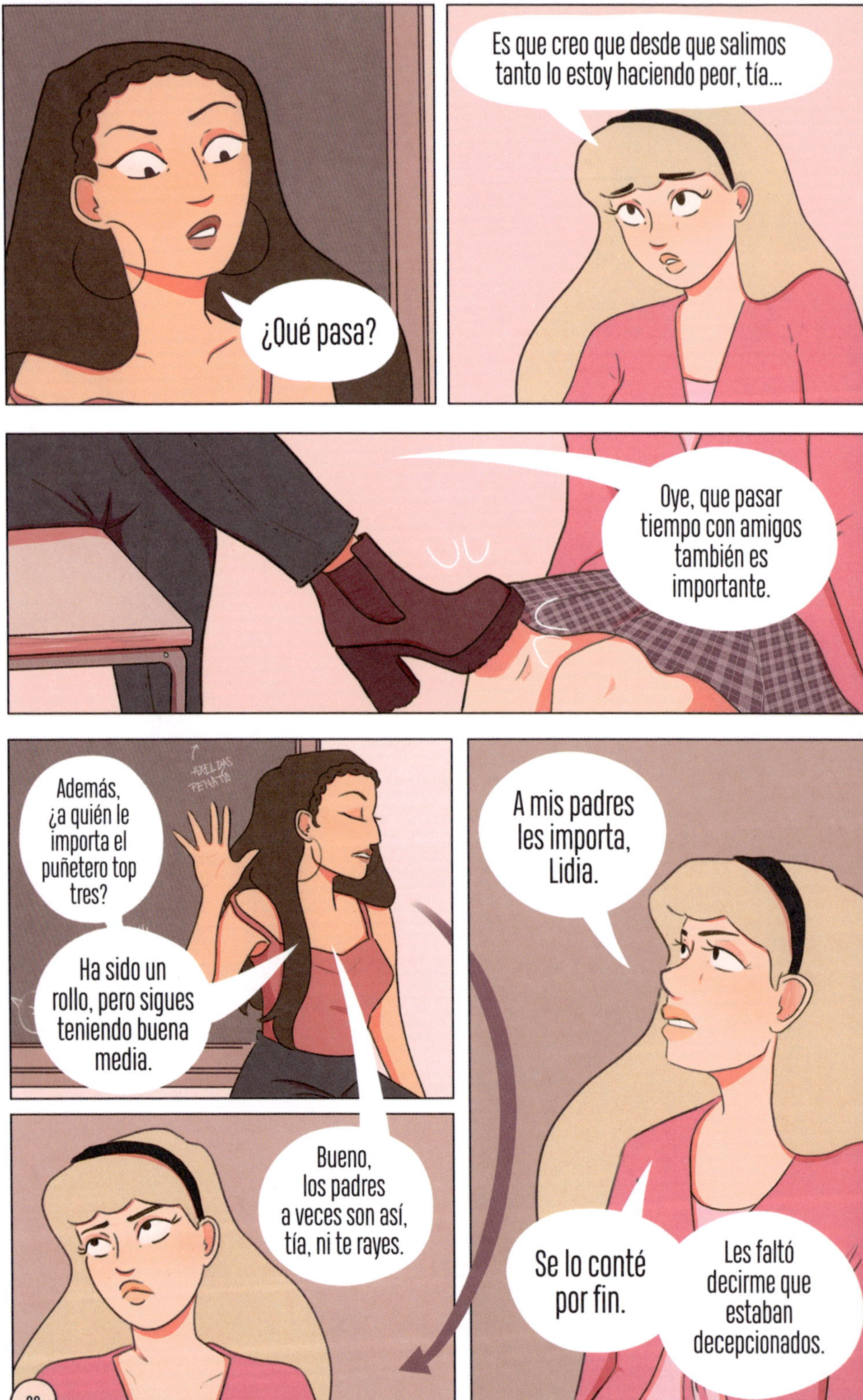
¿Qué pasa?
Es que creo que desde que salimos tanto lo estoy haciendo peor, tía...
Oye, que pasar tiempo con amigos también es importante.
Además, ¿a quién le importa el puñetero top tres?
Ha sido un rollo, pero sigues teniendo buena media.
Bueno, los padres a veces son así, tía, ni te rayes.
A mis padres les importa, Lidia.
Se lo conté por fin.
Les faltó decirme que estaban decepcionados.

BIBLIOTECA
!

¡¡BU!!
MORLA
JA JA JA
VETUSTA MORLA
¡PERDÓN, PERDÓN!
VETUSTA MORLA
Anda que empiezas bien tú...
¿Qué hay, linda?
Ey...
¿Esto también va a ser parte del estudio?
¿Un par de sustos cada vez que quedemos?

¡JA!
Solo por mi parte y si me lo pides.
La suscripción son 2,99 € al mes o un añadido de patatas a tu parte de la apuesta, eso sí.
Pero si he sido yo el del susto...
Los infartos más caros que me han prometido en la vida. Me lo pensaré.

Me dicen que te has unido a nuestro grupo de estudio competitivo.
¿Estás segura de que puedes seguirnos el ritmo?
He sido la segunda mejor del curso desde tercero de la ESO, creo que estaré bien.
VETUS MORU
Muchos humitos para haber sido desbancada de dicho puesto, pero admiro la actitud.
¿Entramos?

VETUSTA
MORLA

Ya, mamá, sí, si ya salimos, ahora te busco.
Creía que estarías molesta porque te tocaba invitar a ti.
¿Uh?
El otro día dijiste que él había sacado mejor media, pero hoy has estado ayudándole.
¿Cómo se come eso?
¡JA!
Porque no es una competición de verdad.
¿Por qué querría que a mi mejor amigo le fuera mal?

Porque...
... ¿el *ranking* va por puestos?
Pero la cosa va de ayudarnos.
¿Por qué te crees que acepté tu basura de trato?
JA
No pongas esa cara, no va a malas.
La verdad es que me hizo gracia, pero ya te lo dije: te habría ayudado con ganas si me lo hubieras pedido.
¿Con ganas?

Gracias.
Eso es porque eres buena persona.
Nah,no soy buena persona.
Solo soy medio decente.
¿?
BUZZ
¡Han venido a buscarme!
Me tengo que ir ya.
Gracias por todo, ha sido muy guay.
¿Repetiremos?
¿Quieres?

Bien...
¡Genial, entonces!
Nos vemos el próximo día.
?
!
¿Qué onda con la rubita?

¿Qué onda de qué?
¿Te la has traído para ligar con ella, o qué pasa?
No estoy ligando con ella, estoy siendo maja.
Algunas personas no somos un grano en el culo como tú, ¿sabes?
Ya, bueno.
A ver cómo sigue la cosa.

Estoy muy contenta de haber podido conocer a Ed y a Gabi por lo del top tres.
Puede parecer una tontería, pero nunca me habría imaginado que ella pudiera ser tan... así.
Tan agradable sin ningún motivo.
La primera vez que la vi me pareció alguien mucho más... No sé. Despreocupado, puede.
Lidia me había arrastrado a esa obra del cole que ni siquiera quería ver...

Ella ni siquiera actuaba.
Era solo un árbol, pero parecía estar pasándoselo genial con ese papel tan tonto.
Se pasó de pie la hora y media que duró la obra y, al salir a saludar, sonreía como nadie.

Recuerdo no poder dejar de mirarla y sentirme rara, pero no mal. No fue un raro malo. Fue un raro... agradable.
Como cuando Gabi apareció en clase para decirme lo del top tres, supongo.
Tal vez todo pase por algo... Y me alegro de que haya pasado esto.

Ed y Gabi me han invitado al cine con ellos. Según sus propias palabras:
16:30 - SALA 5
19:00 - SALA 7
22:00 - SALA 5
The Hollow Lands
15:50 - SALA 10
18:40 - SALA 10
21:20 - SALA 6
17:45 - SALA 8
20:00 - SALA 8
23:45 - SALA 8
16:00 - SALA 11
18:30 - SALA 11
21:00 - SALA 6
17:00 - SALA 1
20:00 - SALA 1
17:30 - SALA 4
19:30 - SALA 4
Creíamos que tenías que ver lo que está en juego para decidir si te vale la pena seguir con la apuesta.
¡VA, CHICAS, QUE VAMOS TARDE!

¿Todo bien?
Sí, sí.
No me gusta el actor que han cogido para el prota, pero lo importante es el villano, así que...
¡Hola!
Ya estoy aquí...
Dame.
¿Quieres?

¡Gracias!

BUM
BUM
BUM
BUM
BUM

SHOP
No me puedo creer que hayan eliminado el beso entre ellos, siento que me han robado.
Era literalmente una de las partes más importantes del cómic, ¿en qué estaban pensando?
Es que no lo entiendo, de verdad, me parece una vergüenza y una falta de respeto para todos los lectores que...
¿Qué, crees que ha valido la pena venir?
La verdad es que sí, me lo he pasado muy bien con vosotros.
Reconozco que me preguntaba cuál sería vuestro rollo.
Os veía por los pasillos y me llamabais la atención, sobre todo porque formáis una pareja bien rara.
Me alegro de haberos conocido mejor a raíz de todo lo del top tres.

Vale, ya he subido un post detallado con mi opinión. Espero que solucionen la que han liado en la segunda película...
Muy bien, a cambiar el mundo.
¿Ha venido ya tu madre?
Sí, está al final de la calle esperando en doble fila...
Nosotros nos vamos. ¿Tienes cómo volver?
Sí, sí, a mí también vienen a recogerme.
Entonces hasta mañana, preciosa.

A ver, presta atención.
Estos dos van primero, pero si te impone mucho empezar por los más tochos puedes leerte este antes, que es como un *spin-off* que se entiende solo bien.
Pero...
¿Los has traído todos?

Anda, ¿con quién te crees que estás hablando? Si te voy a prestar mis cómics favoritos, lo pienso hacer bien.
No tienes que leértelos enseguida, pero van con vuelta, ¿vale?
Jo, Gabi, muchas gracias...
Seguro que te gustan. Si alguna vez leíste *Las Místicas*, esto es del estilo pero un poco más adulto.
Espera, ¿conoces *Las Místicas?*
¿Quién no conoce *Las Místicas*, Ada?
Que tuve una buena infancia...

Gabi, que nadie de mi barrio tenía los libros, llevo queriendo hablar de *Las Místicas* desde que las leí con ocho años.
Estaba obsesionada con Muna y quería ser ella, e incluso me peinaba igual y fingía que tenía sus poderes cada vez que estaba en la ducha, como en la escena del minicómic especial que sacaron por el quinto aniversario.
Pues claro que eras de Muna, te va al pelo...
¿Sabes, Ada?
No estás tan mal.
¿Eso qué quiere decir?

Es un cumplido. Quiero decir, no me esperaba que fueras a ser maja de verdad, siendo del grupo de los *popus* y eso, pero me caes bien.
Gracias.
A mí también me caéis muy bien vosotros, la verdad es que...
No sé, me lo paso muy bien cuando nos vemos.
¡COMO DEBE SER, MUJER! SOMOS EL ALMA DE LA FIESTA.

Ada,
cariño.
¿Sí?
He visto
el examen que
has dejado en el
comedor.
Enhorabuena,
¡eso sí que es
una mejora!

La verdad es que nos tenías preocupados con los resultados del inicio de curso, pero veo que has sabido ponerte las pilas, hija.
Menos mal, porque no querríamos que tu media se fuera al traste, con lo importante que es para tu futuro...
Bueno, tampoco había bajado del siete y medio, mamá, no está tan mal.
¿Que un siete y medio no está mal?

Anda, no digas tonterías.
En fin, tu padre y yo habíamos pensado en pedir algo para cenar, llamaré en una hora.
Ve pensando en quieres, ¿vale?
¡Y sigue estudiando, hija!

Hoy
Creo que sería más fácil competir por las notas si no pareciera de vida o muerte.
¿Desea eliminar este mensaje?
SÍ
NO
Tonta, ¿en qué estabas pensando?
¿Borrando el mensaje, princesa?
Lo siento mucho, pero lo he visto.
(Estaba viendo tiktoks y me ha saltado la notificación, no es que esté todo el rato pendiente de ti ni nada).
(1) mensaje de Ed

Ya, seguuuuro que no estabas pendiente de mí.
Me lo creo totalmente (no me lo creo ni un poco).
Ten compasión, te lo pido.
¿Quieres hablar del mensaje que has borrado?
Es solo que ha venido mi madre a hablarme de las notas.
Se ha puesto muy contenta porque haya mejorado.
Si te digo la verdad, no creo que fuerais vosotros los que me echasteis del top tres.
Creo que me eché yo sola.
¿Estás diciendo que no fue nuestra supermegainteligencia la que te desbancó, guapita?
Sintiéndolo mucho, creo que fueron mis intentos de seguir el ritmo de vida de mis amigos.
Pero vuestra supermegainteligencia estaba ahí-ahí.
Vaya. Aunque me conformo con el ahí-ahí, sinceramente.
!
¿Te gustaría despejarte y quedar para hablar?

Vale.
La verdad es que la mayoría de las veces ni siquiera sé qué más quieren de mí.
Es decir, sí, que entre en una buena universidad y que tenga un buen futuro y todo eso, pero ya lo intento.
Lo intento todo lo que puedo.
Eres de las mejores del curso, Ada. A mí me parece que no tienes que preocuparte tanto, lo estás haciendo genial.
Pues yo siento que no llego a todo. Cuando no son las notas es el vóley, o los amigos, o que no pasamos tiempo en familia...

A veces siento que miden hasta lo bien que descanso.
¿Tú cómo haces para desconectar?
Bueno, para empezar mi padre no piensa que un siete sea mala nota, así que vivo bastante «desconectada».
Pero lo que más me gusta hacer para no pensar es...
¿El qué?
Promete que no te vas a reír.
Claro que no me voy a reír. No me reiría de ti nunca.

Me gusta hacer ropa.
¿Lo dices de verdad?
Sí.
Este jersey lo acabé el otro día.
Es de ganchillo.
¿Esto lo has hecho tú?
Eres increíble.
Qué va, es algo que sabe hacer cualquier abuela que se precie.
El caso es que a mí me ayuda a relajarme.
Si quieres puedo enseñarte, aunque no sé si será muy de tu rollo.

Para mí, tener algún *hobby* siempre va bien para despejar la mente, sobre todo cuando las cosas te agobian.
¿Y dónde lo meto? No tengo huecos libres en el horario.
Bueno, no tienen que ser cosas que te lleven demasiado. Puede ser escuchar un pódcast, o colorear libros de mandalas...
Lo importante es encontrar algo que te haga sentir bien, supongo.
Adaptado a ti.
¿Qué cosas me hacen sentir bien?
...
1) Que la gente me felicite.
2) Conseguir lo que me propongo.
3) Pasar tiempo con Ed.

The Hollow Hands
Sala
9
Fecha
3/10
Sesión
19:50
F. 3
B 009
ED
ENAMORADA
YOU CAN DO IT!!!
-ED

¡Bueno, hasta luego!
¿Ahora sois colegas, o qué?
¿Eh?

No te despegas de ellos. Parece que te gusta más pasar tiempo con ellos que con tus amigos.
Bueno, ellos también son mis...
Me caen bien. No pasa nada.
Me llevo bien con mucha gente, Lidia, no es para tanto.
Ya.
Lidia, quedo con Ed y con Gabi para estudiar, no para salir por ahí.
Yo solo digo que a ver cuándo nos dedicas tanto tiempo a nosotros también, porque nos tienes abandonados.
Si tú, Axel y los demás también quisierais...
No, si todavía será mi culpa que nos des de lado, ¡ja!

¡Ed!
¡Ey!
¡Mira! ¡Un 9,7 en Biología! La primera de la clase.
Oh, no, pues ya lo siento, guapita...
Por qué poco.
9,8
9,7
9,7
¡No puede ser! Si a mí se me da mejor que a ti la genética.

Ah, es que me acordé de los truquitos que me diste.
Estás en mi cabeza todo el rato, Ada Martin, escucho tu voz hablándome de meiosis y cromosomas constantemente.
«Estás en mi cabeza todo el rato, Ada Martin».
Hola, buenas.
Hol...
Llegamos tarde a vóley, Ada.
¿Le dices adiós a tu amiga?
Es verdad, tenemos entrenamiento, perdona...
Claro.
No pasa nada.

Perdón, es que...
Quería felicitarte por la nota.
Creo que eres increíble y...
Ay, bueno, que me tengo que ir a vóley.
¡Ya nos vemos!

¿«Creo que eres increíble»? ¿Qué está pasando aquí?
Nada.
La he superado por una décima en el examen de Biología.
Ya, es el tipo de cosa que se dice en situaciones así.
¿Hay algo de lo que me quieras hablar?
¿No tienes que irte a casa a comer, Gabi?
Ed Silva, no me ignores. ¿Te crees que soy tonto?

(1) MENSAJE DE ED
Mi padre me ha hecho macarrones con tomatico para celebrar el sobresaliente, casi me parece mal no estar compartiéndolos contigo
(1) MENSAJE DE LIDIA
Tía, Marta, Axel y yo nos vamos a pasar luego por el centro comercial a ver si vemos las zapatillas blancas que quiero comprarme, ¡vente!
Y aun así bien que me lo restriegas, ¿eh?
Bueno, para que supieras de su existencia y quisieras compartirlos algún día.
Aunque estos ya no, me los he comido todos.
LIDIA
Tía, que te veo en línea.
Vamos a salir como en una hora, dime si vienes o no.

Contéstame, Ada.
Realmente no he dudado ni un segundo en responder primero a Ed, ¿eh?
Quiero pensar que no significa nada, pero sé que sí.
Lo siento, tía, estoy estudiando.
¡Pero pásame fotos de las zapatillas cuando las tengas, porfa!
patillas
s, porfa!

¿Pero cómo
se supone que voy a no responder
a sus mensajes?
Me cuesta un esfuerzo infinito dejarla
ir.

!
Uy, uy, uy, esa carita...
¿Algo interesante en el móvil?
Ada, ya te he dicho que nada de teléfonos durante la cena.

Lo siento.
Ah, pero deja a la chica, hombre. Claramente estaba teniendo una conversación interesante con alguien importante...
¿Yo?
Qué va, solo comentaba una cosa de un trabajo con una amiga.
No sería que estabas hablando con algún noviete...
Ay, qué va, tía, qué va.
Los chicos son idiotas, y, además, con los estudios no tengo tiempo para eso...

¡Bah, a mí no me engañas!
Te he visto la sonrisita, corazón, y me conozco bien las señales...
No te preocupes por nada. A tu tía puedes contárselo.
Además, estás en la época de conocer a chicos guapos. Aprovecha, niña, que luego te casas y...
Cielo, ¿hay algo que me tengas que decir?
Hermanita, cuidado, que tu marido está aquí delante...
JA
JA
JA

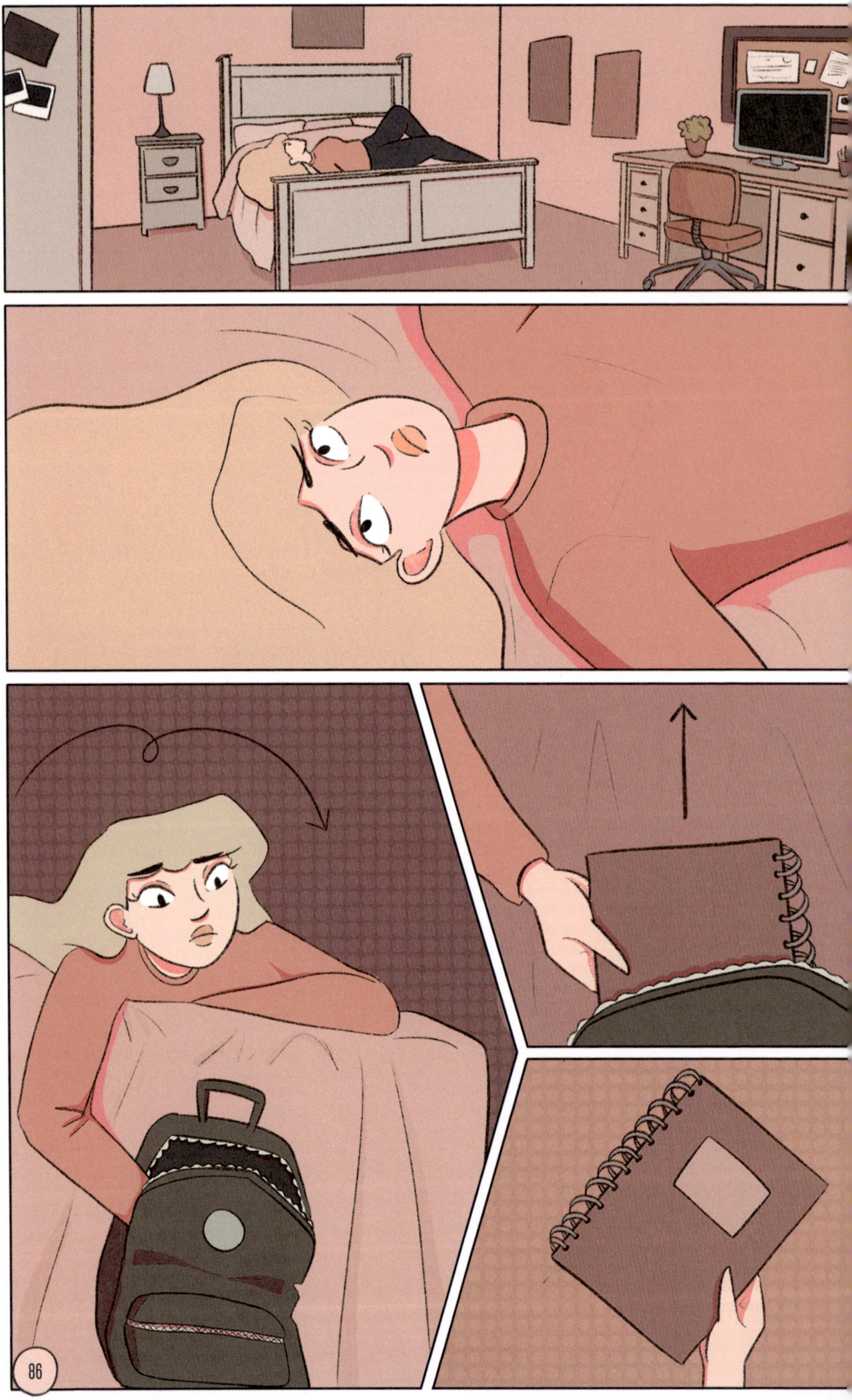

Se llama Ed.
Se llama Ed.
Se llama Ed.

Hoy tienes que venir sí o sí, tía.
¡Deja de pasar de nosotros!
¡Que sí, que allí estaré!
Me imagino a Ed en todas partes.
Imagino que está todo el rato aquí, que va adonde yo voy.

Pero no es solo eso.
Me imagino que Ed me toca.
Me imagino que me coge de la mano, aunque no tendría por qué hacerlo. Me imagino que lo hace porque quiere. Porque le apetece tocarme.
Supongo que lo imagino porque a mí me apetece que lo...

Hola.
¿Te lo estás pasando bien?
Sí, ¿por?
No sé, llevas un rato aquí callada.
¿Te siguen preocupando las notas?
Siempre me preocupan las notas.
Ya sabes cómo son mis padres.
Quieren que vaya a una universidad importante y todo eso.

Te meten muchísima presión. Yo creo que necesitarías relajarte un poco.
Estudiar tanto no puede ser bueno.
Estudiar me gusta. Me entretiene. Me gusta aprender cosas.
¿Por eso quedas tanto con los raros esos?
¿Te ha dicho algo Lidia?
No, pero pasas mucho tiempo con ellos últimamente. Más que con nosotros.
Se te echa de menos.
Es porque con ellos puedo estudiar. Me hace falta.
¡Qué te va a hacer falta!
Si eres la mejor de la clase.

Pero no del curso. Ese es el problema. Que si no soy la mejor del curso no es suficiente.
¿Suficiente para...?
Suficiente para mis padres.
Lidia no me llama Doña Perfecta por nada.
Yo creo que eres perfecta en todo, independientemente de lo que digan tus padres. Y creo que tú lo piensas también, ¿no? Haces deporte, sacas buenas notas, y sabes que eres lista y preciosa.
¿Qué problema podría tener nadie con lo perfecta que eres?

ENAMORADA

El otro día, invité a Ed y a Gabi a ver una peli en mi casa para cambiar un poco de aires.
¡Hola!
Perdona que te lo diga, pero menudo casoplón.
Anda, pasa.
Gabi no ha podido venir, pero no pasa nada. Ed y yo somos amigas y podemos ver una peli tranquilas en mi cuarto, ¿no?

¡Qué maravilla de espacio, cómo te miman tus padres!
Sí, la verdad...
Te pasarás todo el día aquí, ¿no?
Sí, estudiando.
Bueno, cuando no estudio con vosotros en la biblioteca.
O cuando no estás con tu grupito.
ELLEN
Por cierto, sé que ha intentado ser supersutil, pero me he dado cuenta de que Lidia me odia.
Lo siento muchísimo.
Creo que está celosa porque ya no quedo tanto con ellos, pero es que no entienden lo importante que es para mí estudiar.
Si sus padres le metieran la mitad de presión que me meten a mí los míos con las notas...

¿Te machacan mucho?
Sobre todo ahora que estamos en finales.
En parte, por eso fui tan pesada al principio con lo del top tres.
Tienen muchas ganas de que sea excepcional y me vaya la vida tan bien como a ellos.
No sé si me mimarían tanto si no fuera tan lista.
Lo siento, Ada. De verdad.
Gracias.
¿A ti también te presionan en casa?
Qué va, tengo suerte.
Mi padre es un tío muy *chill*. Vivimos él y yo solos y la verdad es que me apoya un montón.
Es verdad, que te hace macarrones.
Ojo, y los hace buenísimos.

¿Por qué?
Antes me enfadaba un montón con él, ¿sabes?
Cada vez que hacía algo, él me decía «muy bien, hija». Me molestaba.
Porque parecía que le daban igual mis cosas, pero un día me dijo que no era así, que siempre estaba orgulloso de mí sin importar el resultado. Me dijo: «Te esfuerzas por todo y creo que eso es más importante quela nota que saques».
Sé que las notas son importantes para entrar en la uni, pero al final lo que cuenta es lo que sabes hacer, ¿no?
Creo que todos deberíamos pensar más en el proceso que en el final, y tú trabajas muchísimo, Ada.
Pero bueno, ¡basta de chapas!
A ver esa peli.

BUM
BUM
BUM
BUM

BUM BUM
BUM
BUM

¡Hasta luego!
No me puede gustar una chica.
Sé que no hay nada malo en que a una chica le gusten otras chicas. No estoy en contra de eso, por supuesto, pero yo no...
Yo no puedo ser una de ellas.
No mientras sea Doña Perfecta.

cómo saber si soy lesb

Cómo saber si soy lesbiana: consejos y detalles.
¿Me gustan las chicas?
Test: ¿cómo saber si soy lesbiana?
Creo que me gustan las chica
pero no sé qué hac

el
biana.
os y creo que me gustan
¿cómo lo puedo saber?
que soy lesbiana.

EXÁMENES FINALES
Mierda.
Ey... ¿tío?
ZZZ
Mmmm...
...
RÁNKING DEL CURSO
TOP 3
Listo McListo
Ada Martin
Gabi Ros
¡Por fin, Doña Perfecta!
Hale, ya lo has conseguido, ¡ahora todo volverá a ser como antes!

¡Hola, Ada!
¡H-hola!
¿Qué tal todo?
Pues...
Ada, no podemos pararnos, tenemos que ir a celebrar tu vuelta al top tres.
Espera, ¿has vuelto al top tres?
¡Sí! Gabi está el tercero y yo la segunda.

¡Ada, qué bien!
TAP
TAP
TAP
TAP
Estoy muy orgullosa de ti, sabía que lo...
conseguirías.
Gracias.
También podríamos celebrarlos juntas si te apetece.
¡Claro!
Pues luego...
Hale, ya está bien, Ada, venga.
¡Te escribo luego!

Así que su madre se lo ha llevado a comprar cómics.
Pero por pesado, no te creas que ha sido por las notas...
Oye, Ada, ¿estás bien?

Perdón, estaba pensando...
Me siento un poco mal por lo del top tres.
¿Mal por qué?
Si a nosotros no nos dio ninguna pena echarte al principio de curs...
No es eso.
Es que...
Sin el top tres ya no tenemos ninguna excusa para quedar, ¿no?
Yo creo que ya no necesitamos una excusa para quedar, Ada.
Ah, ¿no?
Yo creo que no.
Al principio puede que sí, pero hace mucho tiempo que ya no quedamos solo por estudiar, ¿no?
Al menos yo no.
Bueno, yo al principio tampoco quedaba solo para estudiar.
Quedaba porque me gustas.

¿Qué?
Y me gusta pasar tiempo contigo.
Y también me gusta que seamos...
que seamos amigas.
Bueno, me caes muy bien.
Si eso es lo que somos.
Así que no necesitamos ninguna excusa para quedar, podemos hacerlo sin más. Si tú quieres.
No lo digas.
Tú tamb...
No lo digas.
No es
una
buena
idea.
Tú también me...
¿Ada...?
No debería decirlo. No debería abrir la boca, pero... pero..

Ada...
Lo sé.

La he besado.
Nos *hemos* besado.
No parece real, pero sé que lo es.
Nada me ha parecido tan real en mucho tiempo.
He besado a Ed y me he sentido tan bien...

¿Ada?
JA
JA
JA
JA
Ada...
Ay...
Por favor, abrázame fuerte.

BUM
BUM
BUM
BUM
BUM
BUMBU
BUMBU

Creo que debería entrar ya.
Perdón, perdón. Es que no puedo contenerme.
¡Nos vemos en clase!
¡Hasta mañana, Ada!
¡Adiós!

¿No comes?
¿Qué?
Vi tus notas.
Enhorabuena, hija.
Notas.
Estudiar.
Estudiar, biblioteca,
ella.
Ed.
Ed...
Gracias...
¿Lo vas a celebrar con tus amigos?
Como si sus amigos no hubieran sido los que la distrajeron, para empezar...

Bueno, mujer, pero también ha estado estudiando con ellos, ¿no?
No, con ellos no.
Con ella.
Ella.
Sí.
Sí que lo voy a celebrar.
He quedado...
He quedado con Lidia más tarde.
¡Ah! Pues muy bien.
Ayer se quedó fría la cena.
No vuelvas tarde, ¿vale?
¿Hacéis algo esta tarde?
¡Claro, tía!
Te echaba de menos.

Te echaba
de menos.
«No es normal imaginarte besando a una chica, ni besarla».
«No todas las chicas piensan que las mujeres son más guapas que los hombres».
No dejo de pensar en todo lo que leí en internet, ni en Ed.
¿Qué tal?
si te apetece.
la tarde.
Lo que pasó el otro día no fue normal.
Lo que pasó...
Ey.
Hola, Axel.
¿Todo bien? Te notoun poco flojita.
Sí, bueno... Estaba pensando.

Me da que tú siempre estás pensando, ¿no?
Tu cerebro va a toda leche.
Él.
Él.
Podría ser tan fácil...
No sé por qué soy así.
No sé por qué he tenido...
Por qué mi corazón...
Con él no lo oigo.
El BUM, BUM.
Con él no está, y aun así...
Podría no doler. Podría no angustiarme. Podría...
¿Qué...?

¿Sabes qué? Creía que no te gustaba.
Tengo la sensación de que todo el mundo sabía que tú me gustas a mí, pero tú siempre has sido un misterio.
Supongo que por eso me costaba tanto no pillarme.
Llevo colado de ti desde el colegio.
Qué tontería, aunqueahora me alegro de haber esperado.
Podemos tomarnos las cosas despacio, pero quiero que sepas que...
Bueno, que me gustas.
Que me gustas mucho y que quiero estar contigo, ¿vale?
Y... y yo.

ENAMORADA

RIIIIIIIIIIIIIING
¡Ey!
¡Ada!
!

¡Ey! ¿Todo bien?
¿Qué...?
¿Ha pasado algo?
No sé.
Pero...
me...
encantaría...
saberlo.

Ada.
Ugh.
¿Y tú qué quieres ahora?
Ada, me gustaría que habláramos un momento.

Ve rápido, cuanto antes te diga lo que quiere, antes se irá.
SIGH
¡Di hola!
¡No tardes!
Hola, Ed.
EXIT

¿Por qué no me miras?
¿Qué ha pasado, Ada?
Ed...
Siento que te debo una explicación, yo...
El otro día tuve un impulso y...
No sigas.
Vas a decir que fue un error, ¿verdad?
Que te arrepientes,
que tú no eres así,
que no sabes lo que te pasó, etcétera.

No, Ed, escucha, es más bien que...
Quería explicarte...
Sí que me dejé llevar, pero...
PFF
JA, JA
¡Adaaa, te echamos de menooos!
Espera, ignóralos, es que...
Mira, Ada, déjalo.
Me queda claro lo que pasa. Y no hace falta que me expliques nada, ¿vale?
Solo quería saber por qué habías decidido pasar de mí tan de repente, y ya lo he entendido.

Hola,
Gabi.
Anda,
hola.
¿A mí sí me
saludas?
Gabi,
escucha...
No, Ada,
escucha
tú.
¿Qué pasa,
que ahora
que tienes
lo que
querías
nos dejas
tirados?
No es eso,
no lo entiendes...
Sí que lo
entiendo.
Lo entiendo
perfectamente.

Mira, Ada, no soy idiota. Sé lo que está pasando.
¿Ed te...
te ha contado algo?
No, pero ninguna de las dos sois discretas y yo tengo ojos.
BUM
BUM
No entiendo a qué viene pasar de nosotros ahora, pero si esta es tu manera de ocultar que Ed te gus...
¡BAJA LA VOZ!
...
Vale.
Ya veo.
Pues haz lo que quieras.
Solo quería que supieras que yo te consideraba mi amiga.
¿Qué?

Sí, chocante, ya lo sé.
Pero así es.
Pensaba que, por mucho que hubiera algo entre Ed y tú, yo también te importaba.
!
Supongo que solo era parte del *pack* de explorar-tu-sexualidad-pero-no-mucho.
Eso es injusto...
¿Lo es?
¿O es más injusto confiar en alguien para que luego se niegue a hablar contigo como una persona normal?
RIIIIIIIIIIIIIIING
Que te vaya bien, Ada. Pásalo bien con tus amigos y tu nuevo novio.

Ada.
¿Sí?
¿Podemos hablar un momento?
Te vi hablando con el friki el otro día.
¿Gabi?
No fue nada, solo me echó en cara haberles dejado de lado después de lo del top tres.
Ya, claro. ¿Solo eso?
Axel lleva enamorado de ti muchos años, ¿lo sabías?
No sé a qué ha venido el cambio de opinión sobre él, pero tú verás lo que haces, Ada.
No soy tonta. Y tú tampoco.

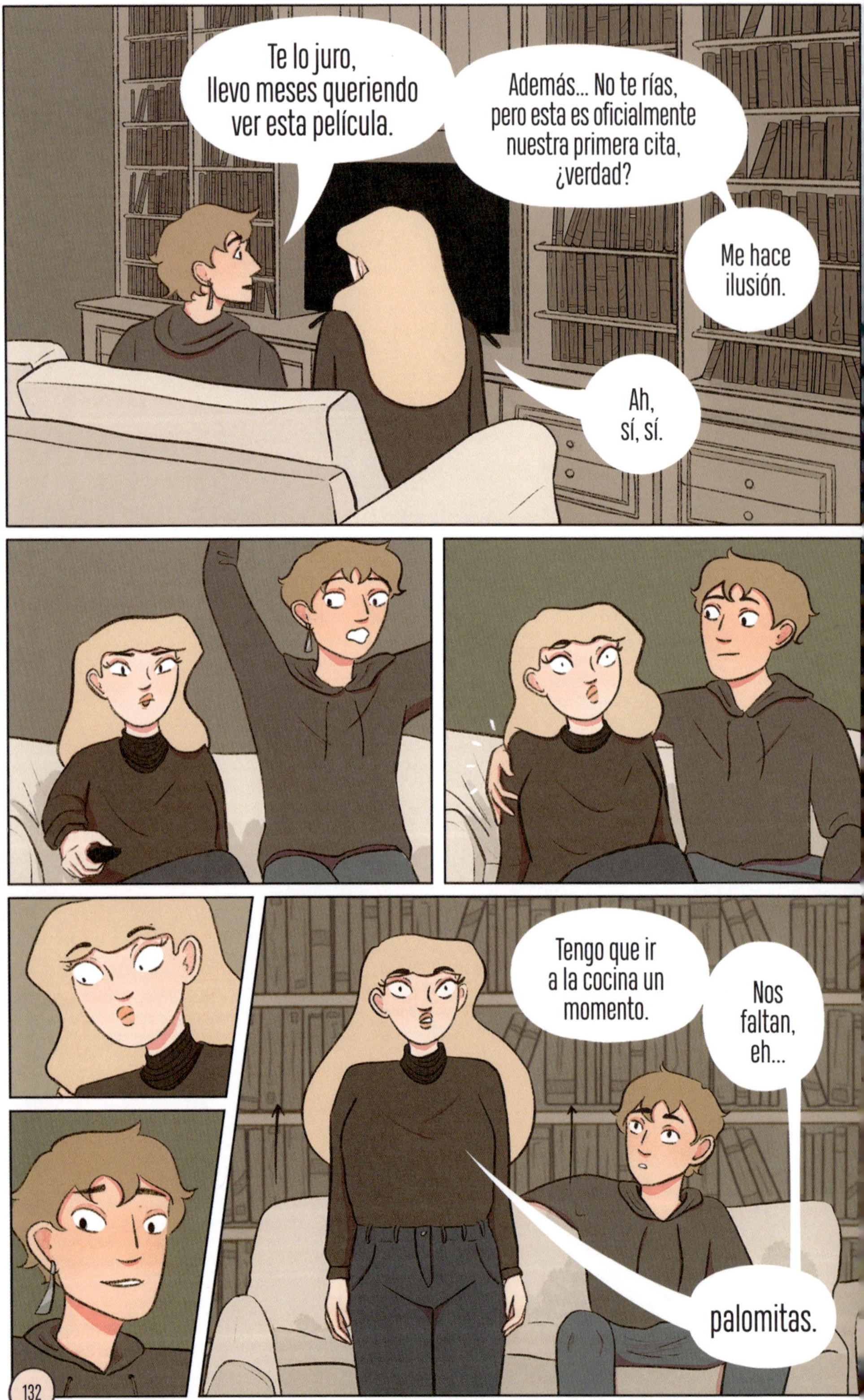
Te lo juro,
llevo meses queriendo
ver esta película.
Además... No te rías,
pero esta es oficialmente
nuestra primera cita,
¿verdad?
Me hace
ilusión.
Ah,
sí, sí.
Tengo que ir
a la cocina un
momento.
Nos
faltan,
eh...
palomitas.

BRRRR
ED SILVA
ed.silva.lm
¿Ada?
¡Axel!
Ya volvía.
¿Todo bien?
¡Sí, perdón! Me he quedado empanada.
No te preocupes...
Ven aquí.

AGUA

¿Lidia?
¿Podemos hablar?
¿Qué pasa?
No sé, ¿qué te pasa a ti conmigo?
Pensaba que desde que acabó todo el tema del top tres estarías más contenta.
No es como si ahora no estuvieras todo el día encima de Axel.
¿Por qué te molesta?
Lidia, Axel y yo somos...
¡JA!
Ni lo digas.
A mí no me engañas, Ada.
Te conozco desde que somos pequeñas y siempre, *siempre*, te he visto.
No tienes ni idea de nada, Lidia.

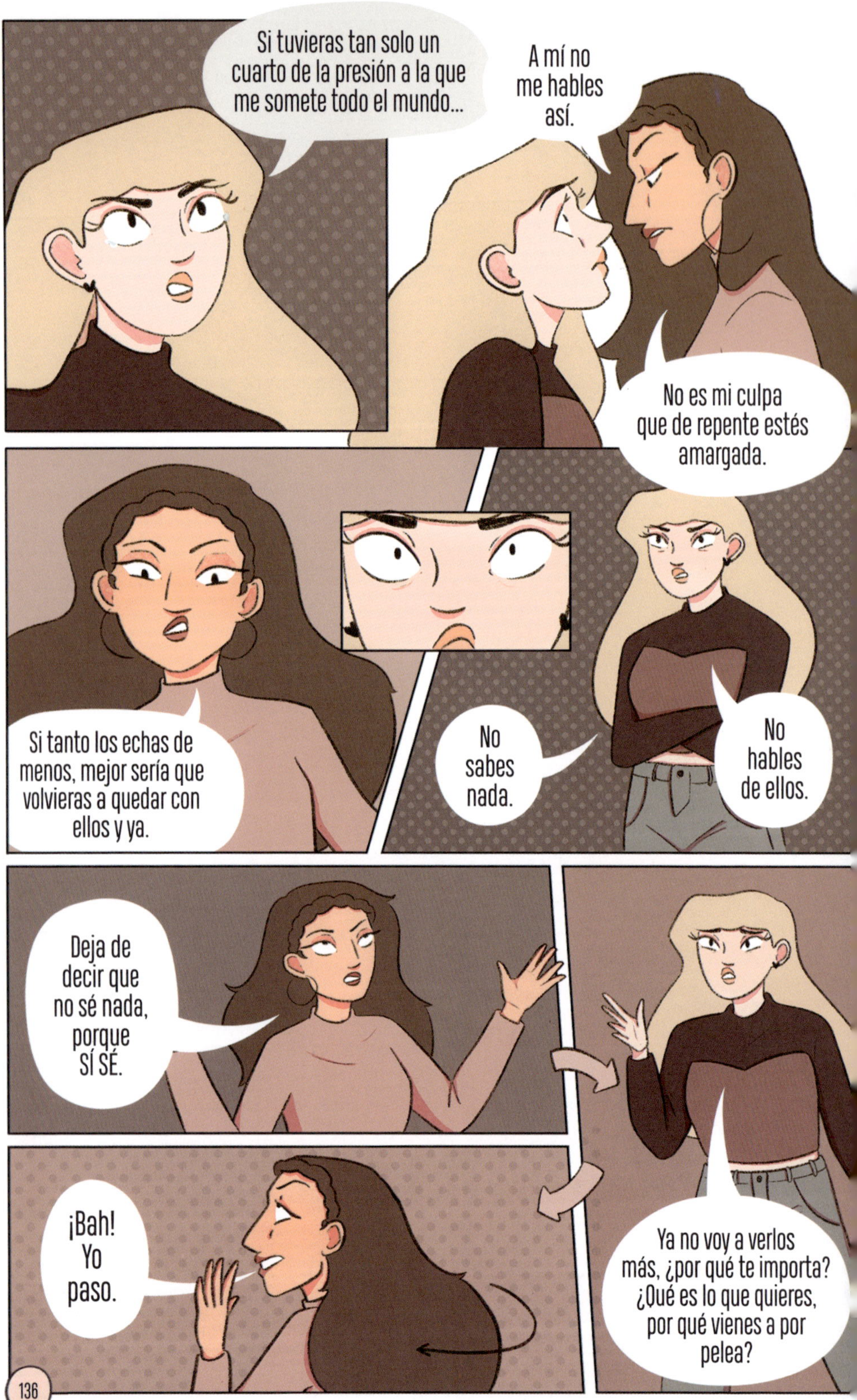
Si tuvieras tan solo un cuarto de la presión a la que me somete todo el mundo...
A mí no me hables así.
No es mi culpa que de repente estés amargada.
Si tanto los echas de menos, mejor sería que volvieras a quedar con ellos y ya.
No sabes nada.
No hables de ellos.
Deja de decir que no sé nada, porque SÍ SÉ.
Ya no voy a verlos más, ¿por qué te importa? ¿Qué es lo que quieres, por qué vienes a por pelea?
¡Bah! Yo paso.

DESPACHO 118
DESPACHO
PFF
Tengo tutoría con la de Historia ahora.
Ya, no eres la única.
Oye, Gabi...

DESPACHO
¡Gabi Ros, te toca!
DESPACHO 118
Oye, Ed...
Solo voy a esperar a Gabi.
No tienes que hablar conmigo, ya no somos amigas.
Pero yo quiero hacerlo. Quiero hablar contigo.
Quiero explicarte...
No hay nada que explicar, ya lo hablamos todo, ¿no?

Yo creo que no.
A mí me quedó clarísimo lo que me dijiste.
Pero me gustaría que no hubieras pasado también de Gabi, no se lo merecía.
Le cuesta mucho confiar en gente nueva, ¿sabes?
Tú le caías bien, pero claro...
A la mínima nos ignoraste, así que no sé.
Has confirmado su teoría de que todos los populares sois iguales.
Ya estoy...
¿Aún sigues aquí?
¡Ada Martin, pasa!
DESPACHO 118
Lo siento.
Ya.
Un poco tarde.

MARTIN
5
ADA?
ADA
MARTIN
5
IEMBRE
2
BRE
18
ADA
MARTIN
5'5
??

A mí no me engañas.
¡Un siete no es buena nota!
Esperaba más de ti, hija.
Ada, siempre te he visto.
Me gustas desde la primera vez que te vi.
Sé lo que eres.
Sólo querías probar.
¡No puedo tolerar que traigas más notas como esta!
No puedes...
TE VEO, ADA, TE VEO.
Sé lo que ha pasado.
No me rompas el corazón, Ada, no me rompas...

Ed.
Lo siento, Ed, Ed...
No quería hacerte...
No quería hacerte daño.
Lo siento, lo siento...
Ayúdame...
No sé qué hacer, no sé cómo salir de aquí.
Ed...
Ed...

Y pasa un día.
Y otro.
Y otro.
!

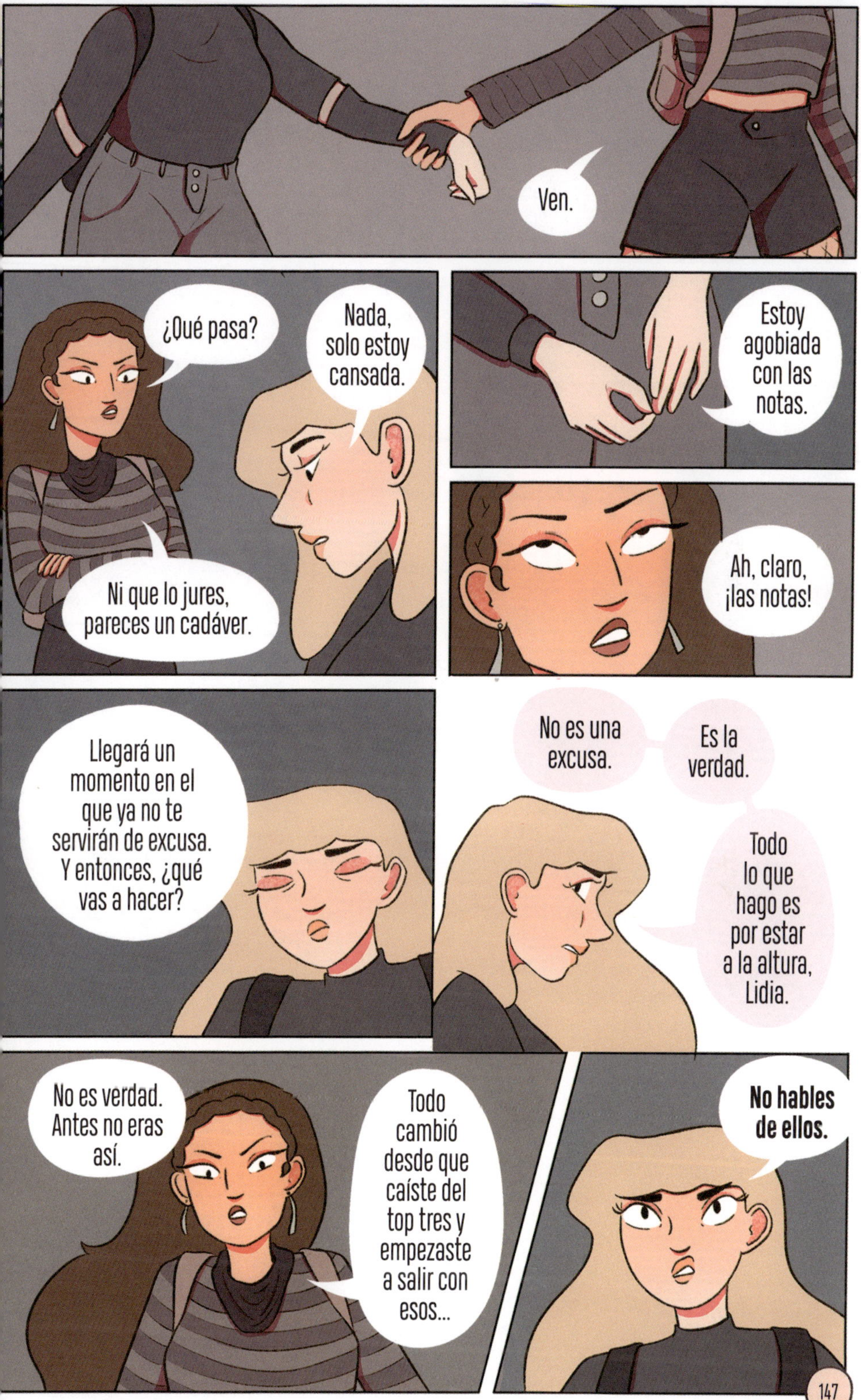
Ven.
¿Qué pasa?
Nada, solo estoy cansada.
Ni que lo jures, pareces un cadáver.
Estoy agobiada con las notas.
Ah, claro, ¡las notas!
Llegará un momento en el que ya no te servirán de excusa. Y entonces, ¿qué vas a hacer?
No es una excusa.
Es la verdad.
Todo lo que hago es por estar a la altura, Lidia.
No es verdad. Antes no eras así.
Todo cambió desde que caíste del top tres y empezaste a salir con esos...
No hables de ellos.

No los conoces,
¡no los conoces!
Ellos simplemente entendieron lo que era importante para mí y me hicieron un hueco.
Y luego yo...
¿Tú, qué?
¿Qué, me vas a decir que «los traicionaste»? ¿Por dejar de verlos cuando acabó vuestro trato? Anda, por favor...
¿Por qué estás tan rabiosa? ¡No es como si no hubieras sido tú quien me empujó hacia ellos!
¿Yo?

¡Sí! ¡Porque no me escuchabas!
Intenté hablarte de lo importantes que eran las notas para mí y le quitaste hierro al asunto.
¡Solo quería hacer cosas normales, relájate!
¡No puedo relajarme! ¡Ese es el problema!
Todo lo que hago se mira con lupa, Lidia.
Si me relajo, bajo las notas y mis padres me piden explicaciones. No sabes cuánta presión tengo...
¡Pues vuelve con ellos, no te cortes!
¿Cómo es que no estáis ahora juntos, si te hacen sentir tan bien?
¿Por qué los has dejado atrás en cuanto has conseguido lo que querías?

No estamos bien, ¿no?
¿Qué quieres decir?
Tú y yo. Desde que salimos juntos no... no es como antes.
¿«Como antes»?
Ya no parecemos ni amigos.
Apenas me miras.
Esto no... no es lo que me esperaba.
Ah, ¿no? ¿Y qué esperabas exactamente?

Creo que sabes que siempre he sentido algo por ti.
Me hacía feliz que por fin hubiera pasado algo entre nosotros,
pero creo que yo no te gusto así, ¿verdad?
No pasa nada, que conste. No tengo por qué gustarte.
Axel, sí que me...
Simplemente...
Ay, no lo digas.
No lo digas, por favor.
Me va a romper más el corazón si me dices que sí que te gusto o algorollo «no eres tú, soy yo».

Vas a decir que fue un error, ¿verdad?
Axel...,
... lo siento.
Ya lo sé.
Más lo siento yo, créeme.
De todas formas, no te preocupes, ¿no ves que estoy cortando *yo* contigo?
Ada, prefiero que seamos amigos antes que ser... esto.
Lo que sea, que es nada.
Espero que te parezca bien.
Claro...
¿Y ahora qué?

ENAMORADA
calling...
Remind Me
Message
Decline
Accept

Hola...
¿Qué quieres?
Venía a hablar contigo y a disculparme.
Cuando nos besamos, yo...
Bueno, reconozco que entré en pánico, pero yo...
No hui porque no quisiera...
¿Ah, no?
¿Y entonces por qué me hiciste el vacío y empezaste a salir con Axel? ¿Por casualidad?

No lo sé, creo... creo que se me hizo todo muy grande, yo...
Axel y yo ni siquiera estamos saliendo, ya...
¿Qué pasa?
Nada. Ada estaba saludando, pero ya nos vamos. Adiós, guapita.
Espera, por favor.
¿Qué?
Lo siento, Gabi.
Siento mucho lo que le hice a Ed, pero también siento de corazón lo que te hice a ti.

Ya, bueno. Da igual.
No da igual. Y lo digo en serio.
No es como si pudiéramos deshacer las cosas que ya hemos dicho de ti, pero la verdad es que me daba palo estar enfadado contigo.
Además, admiro que sepas pedir perdón así... Con lo que a mí me cuesta.
Me caes bien, aunque seas de las *popus*.
¿«Te caigo bien»? ¿En presente?
Desgraciadamente.
Y sé que no soy el único, aunque con el batacazo que se ha pegado no lo reconocerá nunca.
Necesito hablar con ella, Gabi.
No deja de huir, pero quiero explicarle...

HARVARD
Dios...
Te voy a aconsejar que, en vez de gruñir, la escuches.
HARVAR
HARV
¿Y si no quiero?
UNIVERSIDAD DE NAVARRA
Pues tonta tú, la verdad.

Gracias por no irte.
Ada, por favor, déjalo estar.
HARVARD
Si esto es porque te da miedo que lo cuente o algo, no te preocupes. No voy a decir nada, y tampoco necesito que me consueles.
Te dio una crisis. No pasa nada. Fue un lapsus. No me tienes que...
Ed, ¿por qué no dejas que hable yo?
Estoy intentando disculparme y explicarte cómo me siento.
HARVARD
No necesito tus explicaciones.
Ya te he dicho que...
¿Y si yo quiero dártelas igual?
HARVARD

Quiero hablarte de lo importante que nuestra amistad fue para mí, Ed.
De que la echo de menos. De que añoro quedar contigo...
Siento mucho haber sido una cobarde. Me avergüenzo de haber huido de esa forma.
Creo que cedí a la presión que llevo siempre encima y con ello te hice daño.
Por eso, me disculpo.
Es lo que quería decir, de golpe y sin interrupciones.
Quería que lo escucharas todo. Porque entiendo que ya no quieras saber nada más de mí, pero me dolía que pensases que yo me arrepentía y que pensaba que fue un error.

No lo pienso.
¿De verdad?
ASIENTE
AINS
Claro que quiero saber más de ti, Ada.
HARVARD
¿Quieres?
Claro que sí. Por Dios, si he estado...
HARVARD
Yo también te he echado muchísimo de menos.

Bueno, lo que faltaba.
¿Qué te da tanta rabia?
¿Cómo dices, pardillo?
Tanto tú como yo sabemos desde hace tiempo lo que estaba pasando.
¿Qué es exactamente lo que te molesta tanto?
Para empezar, que estáis robándome a mi amiga.
Nosotros no te hemos robado nada.
A lo mejor *tu amiga* estaba más cómoda con nosotros que contigo, ¿puede ser?
¿Qué has dicho?
Eh, frena.

Mira, no tengo nada en tu contra. Estoy seguro de que tú misma tienes que hablar de cosas con Ada.
UNIVERSIDAD DE
Pero esa conversación es vuestra y no tiene que ver con nosotros ni con lo que está pasando ahora, la verdad.

Mira, que elija ella con quién quiere quedarse, que es mayorcita.
Pero ¿por qué tiene que elegir?
¿Por qué la decisión es entre tú y Ed, Lidia?
Somos de mundos muydiferentes, que no te enteras. La persona que es Ada conmigo y la que es con vosotros no tienen nada que ver.
UNIVERSIDAD DE NAVARRA
¿Y no crees quea lo mejor eso es lo que le pasaba?
Tú verás, pero es tu amiga y, si la quieres y todo eso, a lo mejor deberíais hablar.

Lo siento.
¿Qué?
Que lo siento.
Siento cómo te he tratado estos días.
Sé que he sido dura contigo.
En el fondo, estaba cabreada.
¿Por qué?
¡Porque todo lo que a mí me gusta se ponía en tu camino!
Que si desde que quedábamos tanto sacabas peores notas, que si no podías dedicarle tanto tiempo a salir...
¿Y qué querías que hiciera?

Nada.
Sé cómo son tus padres y sabía que tampoco te podía pedir más.
Pero claro, luego conoces a esos frikis y de repente con ellos sí que puedes pasar todas las tardes...
Sentí que los habías elegido y que a mí me habías dado de lado.
Lidia, yo en absoluto...
Lo sé.
Sé que todo esto tiene que ver con un problema nuestro. Con que nos hemos desajustado y... y con que resulta que has encontrado a gente que te entiende mejor que yo.
Creo que me da pena.
Pero me salía rabia.
Lo entiendo.
A mí también me da mucha pena algo...
Siento haberme refugiado en otra gente en vez de hablar contigo.
Aunque no fueron eso.
No solo... No fueron un sustituto.

Son importantes para mí.
Gabi...
... y Ed.
También lo sé.
Ya te dije que te veía.
Y que no soy tonta.
Ambas cosas siguen siendo verdad.
Además, eres tan cantosa, tía...
No te he visto tan pedorra en la vida.
¡Calla!
¡Es verdad y lo sabes!

De hecho, por eso me dio tanta rabia verte con Axel. No tenía ningún sentido.
¿Qué te pasó? ¿Estabas en estado de negación, o qué?
Sí, creo que sí, puede. Quería intentar... ser normal, creo.
Quería probar la opción fácil.
Qué tontería.
Ni que no fuera normal estar por una chica, por Dios.
Lo que no es normal es que te guste Ed Silva, de entre toda la gente del instituto.
¡Eh!
Tienes que contarme cómo pasó todo.
Quiero TODOS los detalles.

¿Podemos vernos?
Quiero decirte algo.
Claro, ¿dónde?
¿En el parque?
Hola, Ed.
Hola...
¿Qué pasa?
Podías haberme dado alguna pista, estoy temblando.
Perdona, pensé que era mejor hablar en persona. Es que...
Dime.
Te escucho.
No sé por dónde empezar...

Todo esto...
todo esto es muy nuevo para mí.
En parte, siempre me había parecido que cuando todo el mundo hablaba de chicos estaba fingiendo un poco, ¿sabes?
Nunca me había gustado nadie, Ed. Te lo digo de verdad.
Como que un chico no podía gustarle tanto a nadie.
Entonces te conocí y...
y lo entendí.
Busqué la palabra *lesbiana* en internet.
Fue...
fue un poco abrumador lo bien que encajaba todo, supongo.
Supongo que por eso intenté volver a jugar a sentirme como las otras chicas, lo cual tampoco fue justo para Axel.
Pensaba...,
bueno, no lo sé.
Creo que esperaba que si besaba a un chico me arreglaría. Aunque tampoco funcionó.
Siento haber huido.
De verdad, lo siento tanto...
Hice las cosas fatal, y no te merecías eso.
No, no me lo merecía, pero ya ha pasado, y ya está. Ahora estamos aquí.

Salir del armario es un viaje diferente para cada persona.
Entiendo por qué te resultó tan abrumador. Es algo grande, a veces, ¿no crees?
Supongo que tienes razón.
Creo que de repente me dio miedo no ser capaz de tener más cosas grandes encima, ¿sabes?
No sé dónde encaja la palabra *lesbiana* en el esquema de Doña Perfecta.
Puede que aquí.
No tienes que cargarte las expectativas de todo el mundo encima siempre, Ada.
Sé que es lo que haces, y que no lo puedes evitar, pero no tienes que hacerlo.
A veces está bien... ser tú y ya.
Ser yo y ya.
Sí.

¿Me odias por lo de Axel?
No.
Me parece que no podría odiarte por nada, Ada.
¿Por qué no?
¿Por qué no podrías odiarme?
No lo sé. Supongo que es lo que tiene estar enamorada.
No te lo digo por presionar, eso es lo último que quiero.
Pero quería empezar a decirnos las cosas claras.

Creo que todo habría sido más fácil si hubiéramos sido más honestas desde el principio...
Ed...
Ada, dime...
¿Qué sientes tú?
Yo quiero estar contigo todo el rato.
Siento que, desde que te conocí, cada momento que no paso contigo te echo de menos.
Quiero que estemos como antes. Y juntas. Quiero que bromeemos y nos riamos y que nos rocemos las manos y sentir que los oídos se me llenan de...
BUM
BUM
BUM BUM
¿Tú lo oyes?
Ajá.
BUM
BUM
Ed, yo... Yo también estoy...
Ya lo sé.

Fin

AGRADECIMIENTOS

Uf. Vale. El camino hasta llegar a escribir esto se me ha hecho más largo que nunca, pero, a la vez, creo que nunca lo había sentido tan satisfactorio. Y soy consciente que habré dicho esto muchas otras veces, pero esta se siente especial, porque ningún trabajo me había absorbido tanto como lo ha hecho este.

Gracias a Al. Porque, de mil maneras diferentes, estoy segura de que no habría llegado al final de esto sin ti y, sobre todo, no cuerda. Gracias por encargarte de tantísimas cenas, por preocuparte más que yo de mis tendinitis, por sentarte a mi lado mientras dividía la atención entre el iPad y una película y, sobre todo, por ser siempre la primera en preguntarme, en querer saber y ver más, en apoyarme. Te quiero. Te quiero muchísimo. Nadie me inspira tanto cada día como tú.

Gracias a mis amigos y a mi familia por la paciencia y por amoldaros con tanto cariño a los pocos huecos libres que este proyecto ha dejado en mi vida. Mamá, papá, Eva, Óscar, tía Paloma, Yolanda... Ana Victoria, Devi, Mario, Marta, Xènia, Kai, Roxy, David, Iria, Selene, Clara, Ici, Nuria... Os quiero mucho. Gracias, también, por juntaros para regalarme el iPad, ya que sin él estoy casi segura de que me habría sido imposible acabar a tiempo... o, al menos, no tan cómodamente. ¡Os debo la vida! Para la próxima prometo gestionarme mejor (porque probablemente habrá «próxima», no me escondo, aunque mejor organizada) y... no sé, un cameo en el fondo de alguna que otra escena, o algo.

Gracias a Marta por darme la sorpresa en aquella «fiesta de universos alternativos de nosotras» en la que conseguiste que el universo alternativo de mí que publicaba su primer cómic se convirtiera, con una carta que aún conservo, en mi universo real. Me has dado la oportunidad de mi vida y nunca dejaré de estar profundamente agradecida por tu confianza, tu cariño y el cuidado que le has puesto a este proyecto. Te quiero un montón y me llena de alegría haber podido trabajar juntas por primera vez. Sé que no será la última, y no puedo esperar a ver qué nos deparan las nuevas historias y los próximos futuros.

Gracias a Sara y Andrea que, hace años, me regalaron aquel *daruma* para que pidiera un deseo: el 2 de mayo podré por fin dibujarle la segunda pupila, en cuanto se publique este cómic, y pensaré en vosotras.

Por último, gracias a ti, lector, lectora o lectore que has llegado hasta aquí tras leer esta historia. Por elegirla entre todas las portadas brillantes de la balda y por abrirla un momento, por dejarte enganchar por los colores y las caras o la trama o el mensaje. Espero que te haya gustado. Esta historia representa una realidad de tantas muchas otras que pueden darse bajo circunstancias o etiquetas parecidas, pero, sin pretender ser más de lo que es (una experiencia concreta y pequeña, la de una chica que pasa por algo como podríamos hacerlo tú o yo), espero que te haya llegado o conmovido de alguna forma. Yo quiero mucho a Ada, y espero que, al acabar esta novela gráfica, la quieras tú un poco, también.

El arte de enamorada

ADA
martin

PRIMER DIBUJO DE ADA
(mayo 2022)

PRESENTACIÓN PERSONAJE

- Peinado predeterminado: suelto + diadema
- *Preppy*, largo, *fluffy* (movimiento)
- Creo que este pelo le da más personalidad tipo «chica popu», listilla, caprichosa...

¡OJO! No descartar otros peinados para situaciones especiales (y escenas cortas).

Aunque este fuera el diseño elegido al final, eso no quiere decir que no hubiera muchos otros que quedaron descartados y que también podrían haber sido buenas opciones...

Las opciones de pelo corto eran monísimas...

Spoiler: casi gana esta versión

ED
silva

Ed es un personaje cuyo diseño salió bastante fácil, dentro de lo que cabe (sobre todo, viendo las vueltas que le di a Ada en comparación). Siempre ha sido una chula y siempre ha llevado ropa de ganchillo que, algún día y cuando me duelan menos las manos, yo misma quiero hacer para mí).

Primeros conceptos de Ed

Este cómic ha sido un proyecto que me ha enseñado muchísimo, por las buenas y por las malas. ¡No me ha quedado otra que aprender! Por evolucionar, hasta mi forma de trabajar ha evolucionado a lo largo de este año de trabajo...

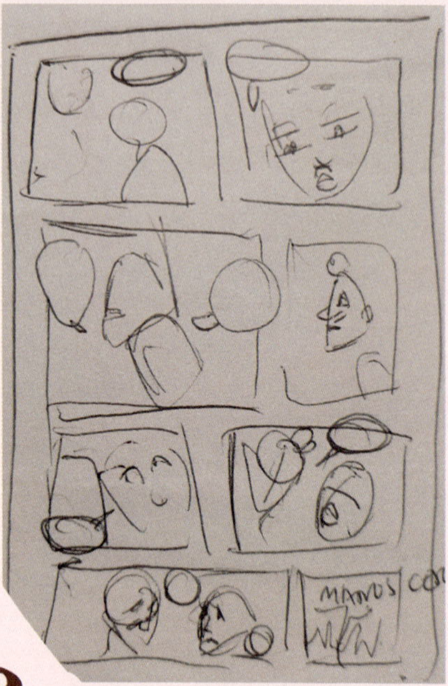

Más o menos hasta la página 70, las páginas las bocetaba en un folio en sucio y, después, las pasaba al Clip Studio Paint. ¿Honestamente? Era un poquiiito un tormento, pero oye, ¡no salió tan mal! (¿No?).

Siempre me ha gustado ver el antes y el después artístico de las cosas, y el contraste entre el garabato y la página final me parece una chulada.

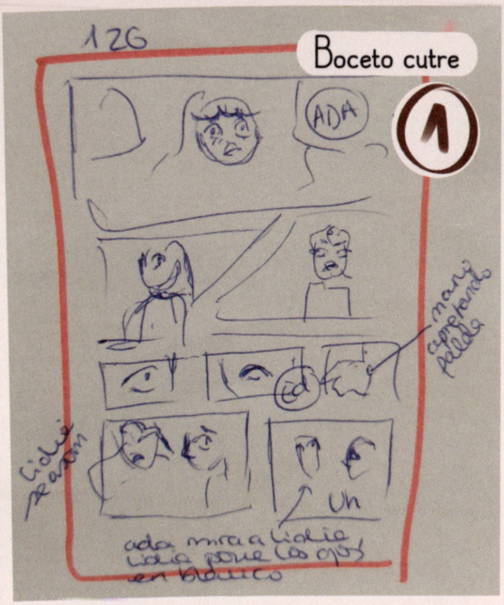

Por suerte, a mitad de cómic me regalaron un iPad (amigos y familia, OS DEBO LA VIDA) y pasé de tanto CSP a Procreate, lo que hizo que mi proceso fuera un poco más ágil y, en general, perfeccionado (¡o eso espero!).

Esta es una de las últimas páginas con boceto cutre en papel.

¡Gracias por leer
la historia de Ada!

MAO ET LA RÉVOLUTION CHINOISE

Photo de couverture :
Mao en 1966, au début de la Révolution culturelle.
Ph © Roger Pic

Responsable éditorial :
Martine Prosper
Conception graphique :
Bernard Van Geet

N° 15126
ISBN 2-203-61003-4
Dépôt légal : septembre 1993 ; D. 1993/0053/107